www.ingramcontent.com/pod-product-compliance
Lightning Source LLC
LaVergne TN
LVHW010438070526
838199LV00066B/6081
9789369086030

عجیب سازش

(جاسوسی ناولٹ)

حسین امین

© Hussain Ameen

Ajeeb Sazish *(Kids Novel)*

by: Hussain Ameen

Edition: December '2024

Publisher :

Taemeer Publications LLC (Michigan, USA / Hyderabad, India)

ISBN 978-93-6908-603-0

9 789369 086030

مصنف یا ناشر کی پیشگی اجازت کے بغیر اس کتاب کا کوئی بھی حصہ کسی بھی شکل میں بشمول ویب سائٹ پر اَپ لوڈنگ کے لیے استعمال نہ کیا جائے۔ نیز اس کتاب پر کسی بھی قسم کے تنازع کو نمٹانے کا اختیار صرف حیدرآباد (تلنگانہ) کی عدلیہ کو ہو گا۔

© حسین امین

کتاب	:	**عجیب سازش** (ناولٹ)
مصنف	:	**حسین امین**
صنف	:	ادب اطفال
ناشر	:	تعمیر پبلی کیشنز (حیدرآباد، انڈیا)
سالِ اشاعت	:	۲۰۲۴ء
صفحات	:	۴۴
سرورق ڈیزائن	:	تعمیر ویب ڈیزائن

پیش لفظ

جاسوسی کہانی قصے چاہے وہ سچ ہوں یا من گھڑت، بچوں، نوجوانوں اور بوڑھوں سبھی کو پسند آتے ہیں۔ کیونکہ ان کہانیوں میں ایڈونچر بھی ہوتا ہے اور سسپنس بھی، اس لیے پوری کہانی کو ختم کیے بغیر کسی دوسرے کام میں دل نہیں لگتا۔

یہ جاسوسی ناول "عجیب سازش" بھی سسپنس سے نہ صرف بھرپور ہے بلکہ کم عمر بچوں کا کارنامہ ہے۔ یہ بچے ہیں: حارث، ساجد، خالد، ذہین اور ناجیا۔ چاروں لڑکے ساتویں جماعت میں پڑھتے ہیں اور ناجیا چھٹے درجے میں پڑھتی ہے۔ ان کا سردار حارث ہے۔ اس نے جاسوسوں کی ٹولی اس لیے بنا رکھی ہے کہ گرمیوں کی چھٹیوں میں مفید وقت گزارا جائے۔ ٹولی کا ہیڈ کوارٹر حارث کے گھر پر ہے۔ سبھی کے گھر قریب قریب ہیں۔ ان کی ٹولی کے کارنامے ایسے ہیں کہ بڑے بوڑھے ہی کیا پولیس والے بھی ان کو شاباشی دیتے ہیں۔

اس ناول میں یہ جاسوس ٹولی ایک شاطر بدمعاش کا راز فاش کرتی ہے۔

پُراسرار خط

حارث کی ٹولی کے جاسوس اپنے ہیڈ کوارٹر پر جمع تھے۔ وہ ایک کلیو پر غور کر رہے تھے "ہم لوگوں کو آج ایک بہت بڑا کیس ملا ہے۔ معلوم ہوتا ہے کہ اس بار کوئی بہت خطرناک بدمعاش ہماری پکڑ میں آجائے گا۔" حارث نے خاموشی کو توڑتے ہوئے ایک لمبا سانس بھرتے ہوئے کہا۔

سب جاسوسوں نے حارث کی طرف دیکھا۔ اور ہمکاری بھری ٹولی کے جاسوس کاغذ کے ایک ٹکڑے کو غور سے دیکھ رہے تھے۔ یہ ٹکڑا ناجیا لے کر آئی تھی اور حارث نے اس کی اہمیت کو دیکھتے ہوئے ٹولی کے جاسوسوں کو فوراً ہیڈ کوارٹر پر طلب کیا تھا۔ اس کا یہ آرڈر خود ناجیا ہی نے جاسوسوں تک پہنچایا تھا۔ وہ تیز بارش کے باوجود سب ہیڈ کوارٹر پہنچ گئے تھے۔

ذہین جو ٹولی کے تمام سائنسی کاموں کا ایکسپرٹ تھا۔ اس

اہم میٹنگ میں نہیں آسکا تھا کیونکہ اس نے سیلاب کا پتہ لگانے والے ایک آٹومیٹک الارم کی تیاری کے سلسلے میں ایک تجربے کے دوران کچھ گڑبڑ کر دی تھی جس کی وجہ سے غسلخانے کا سارا پانی اس کے گھر کے کچن میں بھر گیا تھا۔ ظاہر ہے کہ اس واقعہ کے بعد ذہین کی امی جان نے اس کے ساتھ کیا سلوک کیا ہوگا۔ اور اس صورت میں اس کا گھر سے نکلنا بالکل مناسب نہیں تھا۔

"خیر۔ ہم خود ہی ذہین کے گھر چل کر اس کاغذ کے ٹکڑے کا معائنہ کرالیں گے۔ ہوسکتا ہے کہ انگلیوں کے نشان مل جائیں۔ ذہین کے نہ آسکنے کا سبب معلوم کرنے کے بعد حارث نے فیصلہ دیتے ہوئے کہا اور کاغذ کے ٹکڑے کو ایک بار پھر غور سے دیکھا پھر کاغذ کو اس کیس کی فائل میں رکھ کر "ٹاپ پرائیرٹی" کی مہر لگاتے ہوئے ناجیا سے کہا۔

"ذرا ایک بار پھر پورے واقعات بتاؤ"۔ ناجیا نے اپنے بالوں سے پانی جھٹکتے ہوئے ادھر ادھر دیکھا۔ اسے خوشی تھی کہ آج اس نے کوئی تیر مارا ہے۔ اور ٹولی کے سامنے ایک ایسا کیس پیش کیا ہے جو واقعی ہر ایک کی توجہ کا مرکز بن گیا ہے۔

"دراصل ٹویڈی لائبریری سے کشمیر کے بارے میں ایک

کتاب لائے تھے کیونکہ اب کی گرمیوں میں ہم لوگ شاید کشمیر جائیں" ناجیا نے یہ جملہ خاص طور سے زور دے کر کہا اور اس کا اثر بھی وہی ہوا جو وہ چاہتی تھی۔ یعنی ہر ممبر رعب میں آ گیا تھا کہ وہ کشمیر جانے والی ہے "تم اپنی کہانی پر قائم ہو" حارث نے ناجیا کی طرف گھور کر دیکھا اور کشمیر کے نام سے خود اس پر جو اثر ہوا تھا اسے دبا کر کہا "اس کتاب میں یہ ٹکڑا رکھا ہوا ملا" ناجیا نے پھر کہنا شروع کیا "پہلے میں سمجھی کہ کتاب میں کسی نے نشانی کے لیے کاغذ رکھا ہوگا۔ لیکن پھر اس میں یہ ڈرائنگ دیکھی اور جب پلٹ کر دیکھا تو لکھائی کے نشان نظر آئے"

"نشان؟ کیسے نشان؟" حارث نے چونک کر پوچھا۔

"جیسے جب کاپی پر بال پن سے لکھتے ہیں تو نیچے والے کاغذ پر بن جاتے ہیں" ناجیا نے تفصیل بتائی اور کہا "میں نے جب ان نشانوں پر ہلکی سی پنسل پھیری تو نشان ابھر آئے"

"ہوں!" ساجد نے کچھ نہ سمجھتے ہوئے کہا جیسے وہ سب سمجھ گیا ہو۔ خالد نے بھی پہلو بدلا۔ جیسے معاملہ کی تہہ تک پہنچنے ہی والا ہو۔ حارث نے اپنی ٹی شرٹ کے کالر کھڑے کر لیے تھے کیونکہ اسے اچانک خیال آیا تھا کہ وہ جاسوس نہیں لگ رہا ہے۔ اس نے اپنی پی کیپ کو بھی ذرا آگے جھکا لیا اور آنکھیں

نیم دراز کرلیں۔ اور بولا، "کہے جاؤ، کہے جاؤ" بس۔ اب مجھے کچھ اور نہیں کہنا ہے" ناجیا نے اپنی پُراثر کہانی پر فخر کرتے ہوئے کہا، "میں نے اس پرچے کو کتاب سے نکال لیا، کیونکہ مجھے یقین ہوگیا تھا کہ اس میں ضرور کوئی راز چھپا ہوگا!"

معائنہ

اب سب نے ایک ایک کر کے پرچے کا معائنہ کیا۔ اس کے ایک طرف بجلی کے کسی سرکٹ کا نقشہ تھا جس پر ایس۔ سی آر (S. C. R) لکھا ہوا تھا۔ اس کو ننھے جاسوسوں نے لفظ سیکرٹ (خفیہ) کا شارٹ فارم سمجھا۔ دراصل یہی لفظ ان کو اس نتیجے پر لایا تھا کہ یہ کوئی پراسرار معاملہ ہے۔

دوسری طرف کی عبارت کاغذ کا ٹکڑا پھٹا ہونے کی وجہ سے نامکمل تھی لیکن اس سے اتنا مطلب نکل رہا تھا کہ سنیچر کی رات کو اندھیرے میں کام ہونا ہے۔ عبارت انگریزی میں تھی۔

"او ہو!" حارث نے چونک کر کہا "سنیچر کو۔ اور آج جمعرات ہے۔ صرف دو دن!!"

"ارے ہاں۔!" ساجد نے کہا "ہمیں بڑی تیزی سے کام کرنا ہے۔"

وہ لوگ فوراً ایکشن میں آ گئے۔ ذہین کے گھر پہنچے جو امی جان کی ڈانٹ کھانے کے بعد اپنے کمرے میں ایک کرسی پر بیٹھا ایک سائنسی میگزین دیکھ رہا تھا۔ کمرے میں بجلی کے تار، بیٹریاں، کیسٹ

یٹوب۔ پرانے ٹرانزسٹر کے سیٹ، ٹوٹی گھڑیاں، انگلیوں کے نشانات کا ایک فریم، نقشے، گراف کے چارٹ۔ سائنسی کتابیں اور رسالے بکھرے پڑے تھے۔ دراصل یہی اس کی لیبارٹری بھی تھی۔

حارث نے ذہین کو ساری بات بتائی۔

"ویری گڈ! اچھا کیس ہے۔" ذہین نے اپنی عینک کا شیشہ صاف کرتے ہوئے کہا۔

"تم اس کاغذ کا معائنہ کرو۔ معاملہ بہت سنگین ہے اور وقت بہت کم" حارث نے کاغذ کا ٹکڑا ذہین کی طرف بڑھاتے ہوئے بے چینی سے کہا۔

ذہین نے کاغذ کو ہاتھ سے نہیں پکڑا۔ بلکہ بڑی احتیاط کے ساتھ ایک چمٹی سے پکڑ کر الٹ پلٹ کر دیکھا۔

آتشی شیشے (میگنی فائینگ گلاس) کو آگے پیچھے کیا اور عبارت پڑھی۔ اس ڈرائینگ کو دیکھا اور پھر کاغذ کو ایک شیشے پر رکھ کر نیچے لگے ہوئے بلب کو روشن کیا۔ اور کچھ دیر غور سے دیکھنے کے بعد ایک دم سنجیدہ ہو گیا۔

"سنو حارث" ذہین نے کہا "یہ ڈرائنگ دراصل ایک الارم کا سرکٹ ہے جو بڑی دکانوں میں لگائے جاتے ہیں تا کہ اگر چوری ہو تو فوراً پتہ چل جائے۔ میں نے ایک رسالے میں

اس کا اشتہار دیکھا ہے اور اس پر بھی ایس سی۔آر لکھا ہوا تھا۔ شاید یہ کمپنی کا نام ہے۔"

"آئیں" سب نے ایک ساتھ کہا اور بولے "تو کیا کہیں ڈاکہ پڑنے والا ہے؟"

"یا چوری!" حارث نے جملے میں گنجائش پیدا کرتے ہوئے کہا۔

"تو پھر جلدی کرو۔ وقت بہت کم ہے" خالد نے کہا۔

"اب اگر یہ معلوم ہو جائے کہ کس نے لکھا ہے تو کسی بہت بڑے واقعہ کا پتہ چل سکتا ہے"۔ حارث نے ذہین سے کہا۔

"ہاں" ذہین نے کہا، "لیکن ہینڈ رائٹنگ کا پتہ اسی وقت لگ سکتا ہے جب رائٹنگ ملانے کے لیے کچھ نمونے ہوں۔"

"اگر یہ الارم کا نقشہ ہے تو شہر میں ایسے الارم کئی دکانوں میں ہوں گے لیکن یہ کیسے معلوم کیا جائے کہ سارا نقشہ کس دکان کا ہے" خالد نے کہا۔

"نہیں۔ یہ مشکل ہے۔" ذہین نے کہا۔

"لیکن ذہین بھیا تم کو کچھ نہ کچھ کرنا ہوگا۔ وقت بہت کم ہے اور معاملہ بہت ہی سیریس" ناجیا نے زور دے کر کہا۔ باقی تمام ننھے جاسوس بھی اس کی ہاں میں ہاں ملاتے ہوئے ذہین کی طرف امید بھری نظروں سے دیکھنے لگے۔ حارث نے جو اپنی ٹھوڑی پر مٹھی مار کر سوچ رہا تھا، ذہین کی طرف دیکھ کر کہا۔

" اچھا اس ادھوری عبارت کا مطلب نکالنے کی کوشش تو کر ہی سکتے ہو" حارث کے اس جملے پر سب نے خوش ہو کر ذہین کی طرف دیکھا جو اپنی اہمیت کو اچھی طرح سمجھ رہا تھا۔

" دیکھو بھئی۔ اس عبارت کو تو میں پورا کر دوں گا۔ اس دوران تم لوگ شہر کی دکانوں پر ایسے الارموں پر نظر رکھنا جن پر ایس سی آر لکھا ہو" ذہین کے اس جملے پر سب نے اطمینان کا سانس لیا۔

ایک نئی بات

اب کیا تھا۔ ٹولی کا ہر جاسوس الرٹ ہوگیا۔ ہر ایک خیالوں میں گم ہوگیا اور ان ہی خیالوں اپنے کو قمیض کے کالر کھڑے کیے کسی ماہر جاسوس کی شان سے لڑکوں پر ترچھی نظروں سے دکانوں کے الارموں کے میکر کا نام پڑھتا ہوا دیکھنے لگا۔

ننھے جاسوسوں نے لائبریری جا کر یہ جاننے کی کوشش جان بوجھ کر نہیں کی کہ ناجیا کے ڈیڈی سے پہلے کشمیر کے بارے میں کتاب کس نے لی تھی کیونکہ لائبریری میں ٹکٹ کا طریقہ ہونے کی وجہ سے جب تک کتاب کسی کے پاس ہوتی ہے اس وقت تک تو معلوم کیا جاسکتا ہے کہ فلاں کتاب کس نے اِشو کرائی ہے لیکن کتاب جمع ہو جانے کے بعد یہ ممکن نہیں ہوتا ہے کیونکہ ٹکٹ اس ممبر کو واپس کر دیا جاتا ہے۔ اس سوال کو ٹولی کی ایک ارجنٹ میٹنگ میں ڈسکس کیا جا چکا تھا۔ مرزا غرسانی کا سارا دار و مدار اب اس بات پر تھا کہ ان دکانوں کی فہرست تیار کی جائے جہاں اس قسم کے الارم لگے ہوں۔ اور اگر اس شخص کا ہینڈ رائٹنگ مل جائے

جس نے وہ پرچہ لکھا ہے تو کیا کہنے۔

اب ٹولی کے ممبروں نے ہمیشہ کی طرح ہر ایک کو شک کی نظروں سے دیکھنا شروع کر دیا تھا۔ لیکن ان کا سب سے بڑا سہارا ذہین ہوا کرتا تھا۔ حارث اکثر کہا کرتا تھا کہ آج کل سراغرسانی میں اگر سائنسی طریقے استعمال نہ کیے جائیں تو کچھ ہو ہی نہیں سکتا ہے۔

اس کیس میں ایک نئی بات کا انکشاف اس وقت ہوا جب ٹولی... کے ممبران ایک روز حارث کے کمرے یعنی اپنے ہیڈ کوارٹر پر جمع ہوئے۔

خالد نے اس کیس میں ابھی تک کوئی خاص رول ادا نہیں کیا تھا اور وہ اپنی جاسوسی کی صلاحیتوں کو دوسرے ممبروں کے مقابلے میں کم ہوتا دیکھ کر سخت پریشان تھا۔ لیکن قدرت نے اس کا ساتھ دے ہی دیا۔ چنانچہ اس روز خالد کاغذ کے ٹکڑے کو ہاتھ میں لیے غور سے دیکھ رہا تھا۔ اس وقت اس کی چھٹی حس کام کر رہی تھی۔

خالد بھائی کیا ہینڈ رائٹنگ دیکھ رہے ہو؟" ناجیا نے اچانک پوچھ لیا۔

"نہیں بس یونہی" خالد نے کچھ جھلا کر کہا۔

"پھر کیا بات ہے۔ بہت چپ ہو؟" ساجد نے کہا کیونکہ اب اسے فکر لگ گئی تھی کہ کیا معاملہ ہے۔

خالد نے کسی کی بات کا جواب تو نہ دیا لیکن اس نے کاغذ کو دو ایک

بار شیشے کے اس اسکرین کے سامنے رکھ کر دیکھا جو حارث نے میز پر لگا رکھا تھا۔ حارث کا کہنا تھا کہ اس اسکرین سے کسی چیز کو اندر تک دیکھا جاسکتا ہے دراصل وہ اسکرین حارث کے ڈیڈی نے اپنے کلینک سے لاکر دیا تھا۔ اس سے وہ ایکسرے پلیٹ دیکھتے تھے لیکن اب وہ پہنچ گیا تھا اس لیے ڈاکٹر صاحب نے وہ اسکرین ... جاسوسوں کو تحفے کے طور پر دے دیا تھا۔

اب خالد کاغذ کو اسکرین پر رکھ کر مسکرا رہا تھا۔ اس کی آنکھوں میں کامیابی کی چمک تھی اور اس کیس میں وہ بھی یہ کہنے کا حقدار ہو گیا تھا کہ میں نے بھی ایک اہم رول ادا کیا تھا۔

"آہا۔ آہا۔ واہ!" خالد نے خوشی سے چیخ کر کہا۔

"کیا ہوا یار۔ کچھ بتاؤ تو" حارث نے جو معاملے کی گتھیاں سلجھانے کے لیے پورے واقعہ پر بار بار مختلف پہلوؤں سے غور وفکر میں ڈوبا ہوا تھا یہ سمجھ کر پوچھا کہ خالد کوئی اوٹ پٹانگ حل پیش کرے گا۔

"یہاں آؤ۔ کاغذ کو غور سے دیکھو!" خالد نے کہا۔

اب تمام جاسوس اسکرین پر جھکے ہوئے تھے اور کاغذ کو دیکھ رہے تھے۔

"اس میں کیا ہے؟" ساجد بولا۔

"نہیں تو کچھ بھی نہیں سمجھ پائی" ناجیا نے حیرت ظاہر کی۔

"ہاں ہاں گاڈ!" حارث معاملے کی تہہ تک پہنچ گیا تھا۔ اس نے وہ چھپی ہوئی

چیز دیکھ لی تھی جو یقیناً ایک اہم دریافت تھی۔ وہ کاغذ معمولی قسم کا نہیں تھا بلکہ کسی بڑی کمپنی کا تیار کیا ہوا تھا جس پر کمپنی کا واٹر مارک بھی تھا گویا ٹولی کے کام کا دائرہ کچھ اور سمٹ گیا تھا۔

ساجد نے کاغذ کو اب دلچسپی سے دیکھا کیونکہ یہاں پر اسے ایک اہم رول ادا کرنا تھا۔ اس کے والد ایک سرکاری افسر تھے اور اسٹیشنری کے بہت شوقین تھے۔ پرنٹنگ کا کاغذ ان کی میز پر کسی نہ کسی شکل میں ضرور ہوتا تھا۔ اسی وجہ سے ساجد کو بھی اسٹیشنری میں خاصی دلچسپی ہو گئی تھی

"اوہ۔۔! یہ تو اولمپیا مارٹ کا کاغذ ہے!" ساجد نے کہا۔ "کون مارٹ؟" سب نے سوال کیا۔

"ارے اولمپیا کا کاغذ" ساجد نے کہا "بالکل نیا چلا ہے۔ میرے ڈیڈی کے پاس اس کمپنی کا ایجنٹ آیا تھا بہت رو گا رہا تھا کہ زیادہ قیمت کی وجہ سے کوئی خریداری کا آرڈر نہیں دے رہا ہے!"

کاغذ کی مدد

"واقعی!" ایک بار پھر سب نے ایک ساتھ کہا۔

"اور نہیں تو کیا۔ ڈیڈی نے تو اسے کئی ہزار کا آرڈر دیا ہے۔ اور اب میں ان سے کہوں گا کہ وہ بس اتنا معلوم کر دیں، کہ شہر میں کن کن لوگوں نے یہ کاغذ لیا ہے۔ ٹھیک ہے نا؟" ساجد اب بہت خوش تھا۔ وہ گھر جانے کی تیاری کرنے لگا۔ حارث نے اسے ہدایت دی کہ ہوشیاری سے کام لیا جائے۔ ڈیڈی جاننے نہ پائیں کہ کیا معاملہ ہے کیونکہ یہ سب "ٹاپ سیکرٹ" ہے!"

خالد بہت مگن تھا۔ اس نے تجویز رکھی، جو مان بھی لی گئی، کہ وہ خود ساجد کے ڈیڈی سے بات کرے گا۔ چنانچہ وہ ساجد کے ساتھ ہی چلا گیا۔ ساجد کے ڈیڈی جیسے ہی گھر پہنچے خالد نے بڑے ادب سے ان کی کار کا دروازہ کھولا اور سلام کر کے کھڑا ہو گیا۔ "او ہو۔ خالد میاں یعنی نٹو صاحب!" ساجد کے ڈیڈی نے خالد کی پیٹھ ٹھونکتے ہوئے کہا۔

"انکل آپ سے ایک ضروری بات کرنا ہے۔ کوئی دو منٹ دیجیے" خالد نے کہا۔

"مجھ سے نہ بتاؤ بیٹے کیا بات ہے۔ ابھی پوچھ لو۔ لگتا ہے ٹولی کے ہاتھ کوئی کیس آیا ہے۔ کیوں؟" ساجد کے ڈیڈی نے خالد اور ساجد کی قمیضوں کے کھڑے ہوئے کالر دیکھ کر سمجھ لیا تھا کہ اس وقت دونوں جاسوسی کے پیچھے نکلے ہوئے ہیں!

"جی۔ انکل۔ وہ کوئی خاص بات نہیں ہے۔ ذاتی طور سے پوچھنا ہے کہ...." خالد نے ہکلاتے ہوئے کہا۔ "پھر بھی میں تیار ہوں، پوچھو۔" ڈیڈی نے کہا۔

خالد نے اپنے حساب سے بہت گھما پھرا کر پوچھا کہ املپیا کاغذ شہر میں کہاں کہاں ملتا ہے۔ ساجد کے ڈیڈی کو اس ٹولی میں بہت دلچسپی تھی۔ وہ اس سوال سے حیرت میں پڑ گئے کہ اس کاغذ کے بارے میں بچوں کو علم کیسے ہو گیا۔ انھوں نے خالد پر ظاہر کیا کہ وہ کچھ سمجھے ہی نہیں۔ اور پھر تین پتے لکھ کر خالد کو دیئے

"دیکھو بھئی۔ میرے خیال سے ان پتوں پر یہ کاغذ سپلائی کیا جاتا ہے اور ظاہر ہے کہ میرے پاس ہے۔"

"شکریہ انکل!"

ساجد کے ڈیڈی سے اچھی کامیاب ملاقات کے تھوڑی ہی دیر بعد خالد نے ٹولی کی میٹنگ میں وہ پتے پیش کر دیے جو ساجد کے ڈیڈی نے دیے تھے اور بتایا کہ فی الحال وہ کاغذ میونسپل کارپوریشن دو انگلش میڈیم اسکول اور دمن پیٹ جویلرس اینڈ ادارج کمپنی کو

بسپلائی ہوا ہے۔

"ویری گڈ!" ناجیا اچھل پڑی۔ "جیولر کے سوا اور کہاں چوری ہو سکتی ہے!"

"ذرا دم تو ناجیا۔ میرے کہنے کے لیے کچھ تو رہنے دو۔" حارث نے جھلا کر کہا کیونکہ یہ خیال وہ خود پیش کرنا چاہتا تھا لیکن ناجیا نے اس کے منہ سے الفاظ چھین لیے تھے۔

"معلوم ہوتا ہے کہ خط جو تیار کیے گئے، لازم نے کسی شاطر چور کو لکھا ہے بالکل۔ دونوں نے نفسیاتی طے کر لیا ہوگا۔" خالد نے کہا۔

ہینڈ رائیٹنگ کی تلاش

دھن پت جیولرس اینڈ واچ کمپنی کا سیلس مین کے ساتھ مصروف تھا۔ لیکن دکان کے باہر کن لوگوں کی نگاہیں اس پر جمی ہوئی تھیں اس کی سیلس مین کو کچھ بھی خبر نہ تھی۔

ننھے جاسوسوں کے پاس کام کرنے کے لیے اب کافی مسالہ ہو گیا تھا۔ حارث نے ٹیلی فون ڈائرکٹری کی مدد سے جویلری دکان کا پتہ معلوم کیا اور اپنے ساتھیوں کو لے کر وہاں پہنچ گیا۔ ننھے جاسوسوں نے دکان کا دور ہی سے جائزہ کیا اور کچھ قریب سے جاکر سیلس مین کو دیکھا۔ ناجیہ نے تو اسے دیکھتے ہی "بڑا چالاک" قرار دے دیا۔ ننھے جاسوسوں نے الارم کی پوزیشن معلوم کرنے کی کوشش کی لیکن وہ نظر نہ آیا۔ لیکن انھوں نے خود ہی یہ سوچ لیا کہ الارم کسی ایسی تجوری کے پیچھے چھپا ہوا ہوگا جس میں دکان کا نقد اور سونا رکھا جاتا ہوگا۔

"الارم کی پوزیشن اتنی اہم نہیں ہے جتنی اس ملازم کی ہینڈ رائٹنگ۔"

حارث نے اپنے ساتھیوں سے دبی آواز میں کہا۔

جاسوس ٹولی کے بر سر موقعہ جائزہ کے بعد ہیڈ کوارٹر واپس آ گئے

ان کے لیڈر حارث نے آتے ہی "فنڈ" کا حساب دیکھا جو نادیا اپنے پاس رکھتی تھی۔ ٹولی فنڈ میں صرف ۲۰۰ روپے تھے۔

"ٹھیک ہے۔ آج ہم خریداری کریں گے!" حارث نے مسکراتے ہوئے کہا۔ یہ اس کی خاص ادا تھی۔ جب کوئی کیس کسی نازک موڑ پر پہنچ جاتا تھا تو وہ اس طرح کی معمہ والی باتیں کرنے لگتا تھا اور دوسرے ممبر حیرت میں پڑ جاتے تھے کہ کیا معاملہ ہے۔

سہ پہر کے وقت جب دکانوں میں عام طور پر بھیڑ کم رہتی ہے ٹولی کے ننھے جاسوس نیشن پت جویلرس اینڈ واچ کمپنی پہنچ گئے۔

"ہیلو بچو! کہو کیا چاہئے؟" سیلس مین نے پوچھا۔

"مجھے اپنی رسٹ واچ کے لیے ایک اسٹریپ چاہئے!" حارث نے اطمینان سے کہا۔ اس کے ساتھی حیرت سے اس کی طرف دیکھنے لگے۔

"لگتا ہے دماغ چل گیا ہے!" نادیا نے خالد کے کان میں چپکے سے کہا۔

"کمال ہے۔ اسٹریپ کی کیا ضرورت؟" خالد نے جواب میں کہا۔

لیکن اسٹریپ خرید ہی لیا گیا۔ ساڑھے نو روپے کا۔ حارث نے سیلس مین سے جب رسید مانگی تو اس کے ساتھیوں کو حارث کی عقلمندی کا احساس ہوا۔ اور وہ دل ہی دل میں اس کی ہوشیاری کی تعریف کرنے لگے۔ ان کو خوشی تھی کہ ان کا لیڈر کوئی معمولی دماغ کا آدمی نہیں ہے۔

میں پہلے ہی جانتا تھا کہ حارث کوئی لمبی چال کھیلے گا، ساجد نے چپکے سے کہا۔

"تم تو سبھی کچھ پہلے سے جانتے ہو لیکن کہتے تبھی ہو جب وہ بات ہو جاتی ہے" ناجیہ نے چڑھ کر کہا۔

لیکن حارث اور اس کے ساتھی اس وقت پریشان ہو گئے جب سیلس مین نے کہا کہ اتنی چھوٹی سی رقم کی رسید نہیں دی جاتی۔

"ہمارے یہاں بیس روپے سے کم کے سامان کی رسید نہیں دی جاتی" سیلس مین نے کہا۔

لیکن ہم ڈیڈی سے کیا بتائیں گے؟" حارث نے ذرا تیز لہجے میں کہا۔ اور اس کے ساتھ ہی دوسرے بچوں نے کبھی پریشانی اور مایوسی کے ملے جلے جذبات میں رسید کی ضرورت پر قدرے اونچی آواز میں زور دیا۔ سیلس مین برابر اپنی معذوری ظاہر کرتا رہا۔

ننھے جاسوسوں کی آواز سن کر دکان کا مالک سیٹھ دھن پت اپنے کمرے سے بڑبڑاتا ہوا نکل آیا۔

"ارے بھئی یہ کیا شور مچا رکھا ہے۔ حساب کتاب دیکھنا مشکل ہو گیا ہے!" سیٹھ نے اپنے ملازم کو ڈانٹا۔

"کچھ نہیں سیٹھ جی۔ مجھے اس گھڑی کے اسٹریپ کی رسید چاہیئے جو میں نے خریدا ہے" حارث نے فوراً کہا۔

"ارے لاؤ کاغذ قلم دو، روپے کا سامان لیا اور رسید پر اتنا زور!"

سیٹھ نے جھنجھلا کر ایک سادے کاغذ پر خود ہی رسید لکھ دی اور حارث کی طرف یہ کہتے ہوئے بڑھا دی کہ چھپی ہوئی رسید نہیں مل سکتی کیونکہ وہ بیس روپے سے اوپر کی خریداری پر دی جاتی ہے۔

ننھے جاسوسوں کا دل ٹوٹ گیا۔ سیلس مین کے ہینڈ رائٹنگ لینے کا کتنا اچھا موقع ہاتھ سے نکل گیا۔ کاش کہ سیٹھ نہ آیا ہوتا تو سیلس مین مجبوراً ہاتھ سے رسید لکھ دیتا۔ اب کیا ہوگا!

ننھے جاسوس غم میں ڈوبے ہوئے تھے۔

"چلو بچو۔ تمہارا کام چل گیا۔ سیٹھ نہ آتے تو مجھے ہی بار بار یہی کرنا پڑتا" سیلس مین نے مسکراتے ہوئے یہ کہہ کر زخموں پر اور بھی نمک چھڑک دیا۔

"سیلس مین صاحب آپ رسید لکھتے نہ لکھتے۔ آپ کو لکھنے کی زحمت تو کرنا ہی پڑے گی" ناجیا نے اچانک سیلس مین سے کہا۔ اس کا یہ جملہ ہر جاسوس کے لیے حیرت انگیز تھا۔ ہر ایک منہ کھولے اس کی طرف دیکھ رہا تھا۔ حارث تک کچھ سمجھنے سے قاصر تھا۔

"وہ کیسے بیٹی؟" سیلس مین نے بڑے پیار سے ناجیا سے پوچھا۔

"اصل میں مجھے مختلف کام کرنے والوں سے آٹوگراف جمع کرنے کا شوق ہے اور جب میں یہاں آئی تھی تو پہلے ہی آپ سے آٹوگراف لینے کے لیے سوچا تھا لیکن حارث بھائی خفا ہو جاتے کہ ان کے کام سے پہلے ہی میں اپنا کام کرانے لگی۔ اس لیے اب آپ کو آٹوگراف دینا ہوں

گئے!" ناچیا نے اب ہر جاسوس کو مات دے دی تھی۔ ورنہ ہر ایک اپنے مشن میں ناکام ہو چکا تھا۔

"تم تو ناچیا" حارث نے بات کو از۔ بنانے کے لیے اسے جھوٹ موٹ ڈانٹنا شروع ہی کیا تھا کہ سیلس مین نے روک دیا۔

"نہیں۔ نہیں میاں اس میں کیا حرج۔ سچ تو یہ ہے کہ میں نے کبھی یہ سوچا ہی نہیں تھا کہ میں بھی اس لائق ہوں کہ کوئی میرے آٹوگراف لے گا۔ یہ تو میری خوش قسمتی ہے۔" یہ کہتے ہوئے سیلس مین نے ایک سادے کاغذ پر ایک خوبصورت سا جملہ لکھا اور اپنے دستخط کر دیے! ناچیا نے جھٹ سے وہ کاغذ اٹھا کر اسے محفوظ کرلیا اور فاتحانہ انداز سے اپنے ساتھیوں کی طرف دیکھتے ہوئے سیلس مین کا شکریہ ادا کیا۔ اس کے ساتھی بے حد خوش تھے۔

"کام تو اب ہوا ہے" ۔خالد نے یہ کہہ ہی دیا۔

نیا موڑ

ننھے جاسوس اپنی تحقیقات میں کافی آگے بڑھ چکے تھے۔ انھوں نے
جس تھیوری پر کام شروع کیا تھا اس کو ثابت کرنے میں اب تک
ابھی کامیابی ہوئی تھی۔

آپ سب جاسوس سیدھے ذہین کی لیبارٹری پہنچے جہاں وہ
بڑی بے چینی سے ان لوگوں کا انتظار کر رہا تھا۔ اسے بھی بڑی خوشی
تھی کہ ایک اچھا کیس مل گیا ہے جس کی تحقیقات میں سائنس کا اچھا خاصا
استعمال کیا جانا ہے۔ وہ اپنے "آلات" تیار کیے بیٹھا تھا۔ جاسوسوں
کے چہروں پر کامیابی کی مسکراہٹ اور آنکھوں میں چمک دیکھتے ہی ذہین
سمجھ گیا کہ ہینڈ رائٹنگ مل گئے ہیں۔ "یقیناً حارث نے ہوشیاری دکھائی
ہوگی"۔ ذہین نے دل ہی دل میں کہا۔

"کیا ہوا؟" ذہین نے حارث سے ہاتھ ملاتے ہوئے پوچھا اور جواب
میں حارث نے فائل سے دو کاغذ نکال کر اس کی طرف بڑھا دیے۔

"گڈ!" ذہین نے کہا اور وقت ضائع کیے بغیر اپنا کام شروع کر دیا
"ارے!۔ مائی گاڈ۔ اوہ نو!" ذہین نے چونک کر کہا۔

"کیا ہوا؟ نہیں ہے؟" حارث نے پریشان ہو کر پوچھا اور دوسرے

جاسوس ایک دوسرے کا منہ دیکھنے لگے۔

"نہیں یار ملازم۔ میرا مطلب سیلس مین کی رائٹنگ تو بالکل ہی مختلف ہے۔!" ذہین نے مایوس ہو کر کہا۔

"یہ کیسے ہو سکتا ہے۔ پھر ٹرائی کرو" ساجد نے کہا۔

"تم خود ہی دیکھو۔ یہ دیکھو دونوں کے "آر" اور "اے" میں کتنا فرق ہے" ذہین نے ساجد سے کہا۔

"ہاں۔ او ہ یس" یو آر رائیٹ" ساجد نے دونوں ہینڈ رائٹنگ ملاتے ہوئے کہا۔

"تو پھر؟" خالد نے پریشان ہو کر کہا۔

"تو پھر یہ کہ ذہین۔ ذرا سیٹھ کی رائٹنگ تو ملاؤ!" حارث نے کہا

"سیٹھ! سیٹھ کی رائٹنگ؟" ناجیا نے حیرت سے کہا۔

"ہاں ہاں کیا ہوا۔ دیکھنے تو دو" خالد اور ساجد نے ایک ساتھ کہا

پوری ٹولی حیران تھی۔ ان کے کیس میں ایک نیا موڑ آگیا تھا۔

"ان کو تو وہ شکل ہی سے بدمعاش لگا!" خالد نے ناجیا کو چڑھاتے ہوئے کہا۔ لیکن ناجیا دانت پیس کر رہ گئی۔ اس کو اس بات کا الگ افسوس تھا کہ کتنے بہانوں سے سیلس مین کا ہینڈ رائٹنگ حاصل کیا تھا لیکن کیے دھرے پر پانی پڑ گیا:

ذہین نے سیٹھ کا ہینڈ رائٹنگ ملانے کے لیے تپلشے اور ریجنس کے آلات کو پھر سے ٹھیک کیا۔ اور رائٹنگ ملانے کے لیے ایک ایک

حرف حرف کو ملانا شروع کیا۔ اور پھر وہ ہکّا بکّا رہ گیا۔

"ارے! یہ ۔۔ یہ تو ۔ وہ ۔ سمجھ میں نہیں آ رہا ہے!" اس نے ہکلاتے ہوئے کہا۔

"یہ بھی نہیں ملی؟" حارث نے بے حد پریشان ہو کر پوچھا۔

"یہ ۔ یہ پراسرار خط سیٹھ دھن پت کے ہی ہینڈ رائٹنگ میں ہے!" ذہین نے زور سے کہا۔

کیا؟

ہائیں؟

"کیسے ہو سکتا ہے؟"۔

"یہ ہو سکتا ہے!" ذہین ہر جاسوس کے سوال کے جواب میں کہا۔ اور ایک بار پھر ہینڈ رائٹنگ ملایا۔

"تو کیا ۔ وہ ... خود اپنی ...." حارث نے ہکلا کر جو بات کہنا چاہی اسے ذہین نے مکمل کرتے ہوئے کہا۔

"ہاں کیوں نہیں۔ وہ خود اپنی دکان میں چوری کرا رہا ہے!"۔ ذہین مسکرا رہا تھا۔

"کیا مطلب؟" ناجیا نے پوچھا۔

"سیدھی سی بات ہے۔ سیٹھ دھن پت نے اپنی دکان کا جنرل انشورنس کرا رکھا ہے۔ اگر دکان میں "چوری" ہو گی تو مال بھی اس کے پاس رہے گا اور انشورنس کمپنی سے روپیہ بھی کلیم کر لیا جائے گا!"۔

ذامین نے وضاحت سے کہا۔

"اوہ۔ آئی سی!" حارث نے معاملے کو پوری طرح سمجھتے ہوئے کہا۔ "اب تو کیس کی شکل ہی بدل گئی۔ ہمیں اب دو چوروں کا پکڑنا ہے۔ سیٹھ کو اور اس کے ساجھے دار کو!"

وہ ہے کون؟

"رائیٹ!" خالد نے کہا، "لیکن سوال یہ ہے کہ وہ ہے کون؟"
"چوری کے بعد وہ کتنا مالدار ہو جائے گا!" ناجیا نے کہا۔
"ہاں۔ اور تب کشمیر کی سیر میں کتنا مزہ آئے گا!" ساجد نے طنز کیا۔
"اور شاید وہ اب کشمیر کے بارے میں اور معلومات جمع کر رہا ہوگا۔"
خالد نے کہا۔
"اور۔ تمھاری اس بات میں چور کا پتہ چھپا ہوا ہے!" حارث نے ذہین کی طرف دیکھتے ہوئے کہا۔ جو اس کا مطلب فوراً سمجھ گیا۔
"تو پھر؟" ذہین نے پوچھا۔
"کتاب پھر نکالی گئی ہے!" حارث نے ایک بار پھر معمّہ بجھایا۔
"کتاب؟" ساجد نے حیرت سے کہا۔
"کتاب۔ جی کتاب!" حارث نے جواب دیا۔ اور فوراً اپنے جاسوسوں کو اپنے ساتھ چلنے کو کہا۔ اس بار ذہین بھی ساتھ تھا۔ وہ سیدھے لائبریری پہنچے۔
"ذہین تم تو یہاں کے ممبر ہو نا؟" حارث نے پوچھا۔

"ہاں ہاں کہو۔ ذہین نے کہا۔

"ٹھیک ہے ذرا ٹرائی کی جائے۔ ممکن ہے وہ کشمیر کے بارے میں کوئی اور کتاب لے گیا ہو۔ ذہین اب تمہارا کام ہے"۔

"او کے!" ذہین نے کہا۔

ذہین اپنے ساتھیوں کو باہر چھوڑ کر لائبریری میں گیا۔ اس کی چھان بین کے نتیجے میں معلوم ہوا کہ کشمیر کے بارے میں چار کتا بیں لائبریری میں ہیں جن میں سے صرف ایک کتاب اس وقت اشو تھی۔ ذہین نے کتاب لینے والے کا نام اور پتہ معلوم کیا۔ اور اب صرف یہ معلوم کرنا رہ گیا تھا کہ سیٹھ نے اسی شخص کے نام پرچہ لکھا تھا یا کسی اور کے نام۔

فوٹوگرافی

"کیا نام بتایا؟" حارث نے ذہین سے پوچھا۔
"راکا۔ ایل ڈی اے کالونی کی گراؤنڈ فلور پر فلیٹ نمبر دو۔"
ذہین نے لائبریری سے حاصل کی ہوئی معلومات بتا دی۔
ننھے جاسوسوں نے وقت ضائع نہیں کیا۔ وہ اپنے شکار کی تلاش میں چل دیے۔ ایل ڈی اے کالونی زیادہ دور نہیں تھی۔ ان کو راکا کی رہائش گاہ دیکھ کر حیرت ہوئی۔ اس کے فلیٹ کے سامنے چھوٹا سا باغ تھا۔ سامنے ایک سڑک اور سڑک کے دوسری طرف پارک تھا۔ جاسوسوں نے پارک میں ایک پیڑ کے نیچے کھڑے ہو کر راکا کے فلیٹ کا معائنہ شروع کیا۔ تھوڑی دیر میں فلیٹ سے ایک شخص باہر آیا۔ نیلی جینس اور اسی رنگ کی بنیائن پہنے ہوئے تھا۔ جس پر سفید دھاریاں تھیں۔ اس کی شکل ہی بتا رہی تھی کہ اچھے کیرکٹر کا آدمی نہیں ہے۔
"لگتا ہے چوری سے اچھی خاصی کمائی کی ہے" ساجد نے کہا۔
"کیا پتہ۔ کوئی اور ہو!" خالد نے کہا۔
پارک میں کچھ بچے کھیل رہے تھے۔ وہ اسی کالونی کے رہنے والے

تھے ۔ ناجیا اور خالد ان بچوں کے پاس جا کر کھڑے ہو گئے اور ان کے کھیل میں دلچسپی لینے لگے ۔ بلکہ کھیلنے بھی لگے ۔ اور کھیل ہی کھیل میں ان بچوں سے پوچھ لیا کہ سامنے والے گھر میں کون کھڑا ہے ۔

"کون ۔ وہ ؟" ایک بچی نے برا سا منھ بنا کر کہا ۔

"ہاں ۔ عجیب شکل کا ہے"۔ ناجیا نے کہا ۔

"بڑا خراب آدمی ہے کبھی کسی کے روپے چھین لیے کبھی کسی کو مار دیا ۔ سے تو پولیس والے کبھی کبھی پکڑ بھی لے جاتے ہیں" دوسرے بچے نے کہا ۔

"راکا ۔ اپنا نام بھی فلمی اسٹائل کا رکھا ہے" بچی نے پھر کہا ۔

ان کی بات چیت ذہین اور حارث کان لگائے سن رہے تھے ۔ اس آدمی کا نام سنتے ہی ذہین نے اچانک اپنا پولرائیڈ کیمرہ نکالا جو اس کے انکل امریکا سے لائے تھے ۔ وہ اس کیمرے کو ہمیشہ ساتھ رکھتا تھا کیونکہ اس سے تصویر اسی وقت صاف ہو کر نکل آتی ہے ۔

ذہین نے بظاہر ناجیا کی تصویر کھینچنے کے لیے کیمرہ اوپر کیا ۔ لیکن اس نے دراصل راکا کی تصویر کھینچ لی ۔ اور اس کام کے فوراً بعد وہ وہاں سے کھسک لیے ذہین کی فوٹو گرافی نے ہر ممبر کا دل خوش کر دیا تھا ۔

ننھے جاسوس دن بھر سخت مصروف رہے تھے ۔ کھانے پینے کا ہوش نہیں رہ گیا تھا ۔ اب شام ہو چلی تھی ۔ اس لیے وہ اپنے گھر کی طرف چل دیے ۔ سب کے سب ایک عجیب ہیجانی کیفیت میں تھے ۔ ان کو اب کئی چیزیں معلوم ہو چکی تھیں ۔ صرف کڑیاں ملانا تھیں ۔

شناخت

دوسرے روز صبح ہی سب جاسوس بچے اپنے ہیڈ کوارٹر پر جمع ہو گئے ان کے سامنے ایک یہ مسئلہ تھا کہ راکا اور سیٹھ کے درمیان دوستی کے بارے میں معلوم ہو جائے تو سارا معاملہ حل ہو جائے۔

"میری رائے میں دکان کے سیلس مین کو یہ تصویر دکھائی جائے اور پوچھا جائے کہ یہ آدمی کبھی دکان پر آیا تھا"۔ ذہین نے کہا۔

"ہاں یہ بات تو ٹھیک۔ اور اگر ضرورت پڑے تو سیلس مین کو سارا قصہ سنا بھی دیا جائے۔ کیونکہ اب تو یہ ثابت ہی ہو چکا ہے کہ سیلس مین اس معاملے میں شامل نہیں ہے"۔ حارث نے کہا۔

جاسوسوں کو یقین تھا کہ سیلس مین ان لوگوں کو ضرور پہچان لے گا جو سیٹھ کے پاس آتے جاتے رہتے ہیں۔ کیونکہ سیٹھ سے ملاقات کرنے کے لیے سیلس مین کی مدد ضروری ہے۔

"لیکن سیلس مین سے بات کیسے کی جائے۔ وہاں چلنے کا کوئی بہانہ بھی تو ہو"۔ ساجد نے کہا۔

"وہ سب میں نے سوچ لیا ہے۔ اس بار میں اسے اپنے آٹوگراف

دکھاؤں گا!" حارث نے یقیناً ساری رات سوچ بچار میں گزاری تھی اور کسی اہم نتیجے پر پہنچ گیا تھا۔ اسی لیے وہ عادت کے مطابق معمہ بنا رہا تھا۔

"کیا مطلب؟" ناجیا نے پوچھا۔

"مطلب بتانے کا وقت ابھی نہیں آیا ہے۔" حارث نے فیصلہ کن انداز میں کہا جس پر سب جاسوس چپ ہو گئے۔

ننھے جاسوس جب دکان پر پہنچے تو سیلس مین نے ان کو سوالیہ نظروں سے دیکھا۔ حارث نے فوراً اپنی اسکیم پر کام شروع کر دیا۔

"دیکھیے یہ اسٹریپ کچھ خراب ہو گیا ہے۔" اس بات پر اس کے ساتھیوں نے بھی سیلس مین کے ساتھ حارث کا اسٹریپ حیرت سے دیکھا۔ واقعی اس کے بکسوئے کی کیل ٹیڑھی تھی!۔

"او ہو۔ یہ تو مڑ گئی۔ کوئی بات نہیں۔ ٹھیک کیے دیتا ہوں۔" سیلس مین نے اسٹریپ لے لیا۔ اور پلاس کی مدد سے اسے ٹھیک کر کے حارث کو واپس کر دیا۔

"آج تو آٹوگراف نہیں چاہیے؟" سیلس مین نے ناجیا سے مسکرا کر کہا لیکن جواب حارث نے دیا۔

"آج تو ہم لوگ ایک اسپورٹس مین کا آٹوگراف لے کر آئے ہیں!" اس جواب پر اس کے ساتھی اس کا منہ تکنے لگے۔

"اچھا! کون ہے وہ؟" سیلس مین نے بڑی دلچسپی سے پوچھا۔ اور

حارث نے جیب سے راکا کی تصویر نکال کر اس کی طرف بڑھا دی تصویر پر حارث نے گیسٹ آٹوگراف بنا دیے تھے۔

"یہ دیکھئے۔ تصویر پر آٹوگراف لیے ہیں!" حارث نے کہا۔
تصویر دور سے کھینچی گئی تھی اس لیے زیادہ صاف نہیں تھی۔ لیکن سیلز مین کے لیے وہی کافی تھی۔ اس کے چہرے کا رنگ بدل گیا اور بھنویں تن گئیں۔

"ارے۔ یہ اسپورٹس مین تو یہاں آچکا ہے!" سیلز مین نے حیرت میں کہا۔ اور پھر اس نے ایک دلچسپ واقعہ سنایا۔
"کچھ روز قبل یہ اسپورٹس مین ہماری دکان پر آیا تھا۔ اس نے ایک سونے کی انگوٹھی خریدی اور دام چیک کے ذریعے ادا کیے۔ میں نے رسید بھی دے دی تھی لیکن اس وقت سیٹھ جی بھی آگئے۔ انہوں نے رسید دیکھی پھر چیک دیکھا۔ سیٹھ جی کا چہرہ دیکھتے ہی اسپورٹس مین انگوٹھی کی ڈبیہ جیب میں رکھ کر رفو چکر ہونے ہی والا تھا کہ سیٹھ جی نے اس کا ہاتھ پکڑ لیا۔ لیکن پولیس کو بلانے کے بجائے وہ اسے اپنے آفس میں لے گئے اور پھر جب تھوڑی دیر بعد وہ دونوں باہر نکلے تو سیٹھ جی نے اسپورٹس مین سے کہا کہ ٹھیک ہے اس بار تو تم کو چھوڑے دے رہا ہوں لیکن آئندہ اگر ایسی حرکت کی تو ٹھیک نہ ہوگا!" سیلز مین نے ساری کہانی سنا دی۔

"اور وہ انگوٹھی؟" لاجیا نے سوال کیا۔

"یہی تو اور بھی دلچسپ بات ہے کہ سیٹھ جی نے انگوٹھی کا ذکر ہی نہیں کیا۔ غالباً وہ انگوٹھی لے کر انھوں نے اپنی میز کی دراز میں رکھ دی ہوگی۔" سیلس مین نے کہا۔

"لیکن سیٹھ جی کو کس بات پر شک ہوا تھا؟" ذہین نے پوچھا

"بات یہ ہے کہ وہ چیک جعلی تھا جو میں تو نہیں سمجھ سکا لیکن سیٹھ جی سمجھ گئے اور چور کا دل ہی کتنا، اسپورٹس مین نے بھاگنے کے لیے پر تولنا شروع کیے جس کی وجہ سے سیٹھ جی کا شک اور مضبوط ہو گیا۔ میرے خیال سے سیٹھ جی نے اسپورٹس مین ہونے کی وجہ سے اسے چھوڑ دیا ورنہ رحم نام کی کوئی چیز ان کے دل میں نہیں ہے۔" سیلس مین نے اپنی اس بات سے جاسوسوں کو خوش کر دیا کیونکہ ان کی محنت کا پھل مل گیا تھا۔ بہر حال حارث کے دل میں ایک اندیشہ رہ رہ کر پیدا ہو رہا تھا۔ اور وہ سوچ رہا تھا کہ کیا واقعی ملزموں کو پکڑنے کا کام آسانی سے ہو جائے گا؟"

انسپکٹر شرما

ہر جاسوس کا دل بلّیوں اچھل رہا تھا۔ اتنا بڑا کارنامہ! انھوں نے اپنے فنڈ کی بچی کھچی رقم سے ایک دکان پر کولڈ ڈرنک پی۔ اب ان کی بات چیت کا موضوع انسپکٹر شرما تھے جو ننھے جاسوسوں کو پھٹنے پر ہاتھ ہی نہیں رکھنے دیتے تھے۔ ان کو کسی کام کے لیے منانا ایک مصیبت تھی۔ لیکن اتنے بڑے معاملے میں اب باقی کام تو پولیس ہی کا ہے۔ "چلو چلتے ہیں۔ انسپکٹر شرما کو بڑائی تو کرنا ہی ہے" حارث نے کہا جو دوسرے جاسوسوں کے مقابلے میں بہت سنجیدہ تھا۔ جاسوس بچے اب کوتوالی کی طرف روانہ ہو گئے۔ اور تھوڑی ہی دیر میں وہ انسپکٹر شرما کے سامنے بیٹھے ہوئے تھے اور انسپکٹر صاحب انتہائی بُرا منھ بنائے ہوئے بیٹھے تھے۔

ٹیلی فون کی گھنٹی نے سکوت کو توڑا۔

انسپکٹر شرما نے ریسیور اٹھایا۔ اور دوسری طرف کی آواز سن کر اگرچہ انھوں نے اپنے ماتھے پر اس طرح ہاتھ پھیرا جیسے وہ اس کی آواز کو سن کر بور ہو گئے ہوں اور اس شخص سے بات کرنے کے بالکل

موڈ میں نہیں ہیں لیکن پھر۔ سامنے بیٹھے ہوئے خاموش ملاقاتیوں سے بچنے کا ایک یہی راستہ تھا کہ وہ ٹیلی فون کو باہر نکلنے کا بہانہ بنائیں۔ چنانچہ انسپکٹر نے اپنی کڑوی اور سخت آواز کو میٹھا بنا کر بولنا شروع کیا

"ہیلو؟ اُوہو! آپ؟ کہیئے۔ جی جی۔ کیا؟ اچھا ہاں۔ جی نہیں نہیں۔ ایسی کوئی بات نہیں ہے۔ جی، بالکل خالی بیٹھا ہوں۔ نہیں میرے ساتھ کوئی نہیں ہے۔ ہاں۔ ہاں۔ بہت۔ بہت بہتر ہے۔ میں ابھی آیا۔ کوئی تکلیف کی بات نہیں۔ بس روانہ ہوا۔!"

انسپکٹر نے ٹیلی فون کی اس کال کا فائدہ اٹھانے کا موقع پا کر مسکرانے کی کوشش کی۔ ویسے اگر اس شخص نے ان کو بلایا ہوتا تو وہ زندگی بھر نہ جاتے۔ ننھے جاسوسوں کی چبھتی ہوئی نگاہوں اور کسی دم بھی شروع ہونے والی سراغ رسی کے میدان میں ان کی "ماہرانہ" اور "استادانہ" بات چیت سے بچنے کا صرف یہی راستہ تھا کہ انسپکٹر کو دفتر سے نکلنے کا بہانہ مل جائے۔

"انسپکٹر صاحب!" حارث بولا۔

"غضب ہو گیا! انسپکٹر نے دل ہی دل میں کہا۔ لگتا ہے اس وقت یہ لوگ آفیشل ڈریس پر آئے ہیں۔ ورنہ **ڈیئر پنکو** حارث انکل شرما کہہ کر خطاب کرتے!

"یس پلیز؟ وہاٹ کین آئی ڈو فار یو؟" انسپکٹر نے گھسے پٹے جملے میں پوچھا۔

"ہماری ٹولی نے ایک کیس کو ورک آؤٹ کرلیا ہے۔ اب صرف ملزم کو پکڑنا رہ گیا ہے" حارث نے فخریہ کہا۔

"دیکھو بھئی۔ میں ابھی کسی ضروری کام سے جا رہا ہوں۔ خود میرے ہاتھ میں کئی کیس ہیں۔ ان کی تفتیش پوری کرنے کے بعد تم لوگوں کی کوئی مدد کرسکوں گا" انسپکٹر نے اپنی کیپ پہنتے ہوئے فائنل جواب دیا۔

"لیکن سنئے تو" خالد بولا۔

"نو پلیز!" انسپکٹر نے کچھ اور کہنے سے روکتے ہوئے کہا۔

"لیکن انسپکٹر صاحب چوری آج رات ہی کو ہونا ہے!" ناجیا بولی۔

"آج رات تو بہت سی چوریاں ہوں گی۔ روز ہی ہوتی رہتی ہیں" انسپکٹر نے دروازے کی طرف بڑھتے ہوئے کہا اور پہرے پر کھڑے ہوئے سپاہی کو گاڑی لانے کا اشارہ کیا۔

"سر! جب آپ کو معلوم ہے کہ آج رات بہت سی چوریاں ہوں گی تو ہمیں صرف اتنا بتا دیجئے کہ ڈاکا کا ارادہ کدھر ہے؟" حارث نے جل کر کہا۔ اور اپنے ساتھیوں سے چلنے کا اشارہ کرتے ہوئے کھڑا ہو گیا۔

ایکشن

"راکا؟ کیا کہا راکا؟" اب انسپکٹر کا لہجہ اور رویہ بالکل بدل گیا تھا۔ کیپ اور رول میز پر اپنی جگہ پہنچ گئے تھے۔

"یہ راکا کے بارے تمہیں کیا معلوم؟ وہ یہاں ہے؟ اس شہر میں" انسپکٹر کی جیب سے ایک ڈائری نکل آئی تھی جسے وہ کھولنے ہی والا تھا کہ حارث اپنے ساتھیوں کو لے کر دروازے پر پہنچ گیا۔

"یس سر۔ ہم راکا کے ہی بارے میں بات کرنے آئے تھے لیکن آپ کچھ زیادہ ہی مصروف ہیں۔ دیکھتے ہیں شاید ایس پی صاحب" حارث کا جملہ ادھورا ہی رہا۔

"نہیں نہیں۔ سمجھو۔ یہ بات نہیں ہے۔ ویل آئی ایم ساری۔ اچھا اب بتاؤ کہ تم نے راکا کو کہاں دیکھا" انسپکٹر نے شرمندہ ہوکر کہا

ناجیا نے راکا کی تصویر نکال کر انسپکٹر کے سامنے میز پر رکھ دی۔

"آپ اس آدمی کو پہچانتے ہیں" ناجیا نے کہا۔ انسپکٹر نے تصویر اٹھا کر دیکھی اور اس کا منہ کھلا کا کھلا ہی رہ گیا۔

"اوہ آئی سی"۔ انسپکٹر نے اپنے کو سنبھالتے ہوئے کہا" تم نے اس کی تصویر تک کھینچ لی؟ ویل ڈن! ویری ویل ڈن! آؤ بچو میرے سامنے بیٹھو اور تفصیل سے بتاؤ کہ تمھارا کیس کیا ہے اور راکا اس میں کیا کر رہا ہے؟" میں تمھاری بہت قدر کرتا ہوں۔ تم لوگوں کے ڈیڈی سے اکثر تمھاری سرگرمیوں کے بارے میں باتیں ہوتی رہتی ہیں۔ ارے لو یہ تو میں نے پوچھا ہی نہیں کہ تمھارے لیے کیا منگاؤں؟ آئس کریم چلے گی؟" اب انسپکٹر صاحب بالکل فٹ ہو گئے تھے۔

گیند اب ننھے جاسوسوں کے پالے میں تھی۔ ہر جاسوس کا چہرہ خوشی سے دمک رہا تھا۔ حارث نے بہت ہی رازدارانہ طریقے سے انسپکٹر کو سارے واقعہ کی تفصیل بتائی۔ جسے سن کر انسپکٹر شرما ان بچوں پر رشک کیے بغیر نہ رہ سکے۔

"تم لوگوں نے تو بہت بڑا کام کیا ہے۔ اس کی شاباشی بعد میں دوں گا لیکن اس وقت تم سے ایک بات کہوں گا" انسپکٹر نے کہا۔

"کہئے" خالد نے کہا۔

"آج بھر کے لیے تم لوگ ہمارے خصوصی سی آئی ڈی افسر ہو!" انسپکٹر نے کہا۔

"کیا۔ افسر؟ اور ہم لوگ؟" ساجد نے اچھل کر کہا۔

"ہاں۔ لیکن ایک شرط پر اور وہ یہ کہ جس طرح میں کہوں گا تم کو

وہی کرنا ہوگا"۔ انسپکٹر نے پھر کہا۔

"ہاں منظور" سب بچوں نے ایک ساتھ کہا۔

"اچھا تو تم وعدہ کرو کہ اس وقت سے اس معاملے کا ذکر کسی سے نہیں کرو گے۔ راکا بہت ہی خطرناک بدمعاش ہے اور اس کے گروہ کے لوگ شہر بھر میں پھیلے ہوئے ہیں۔ اگر کسی کو ہوا لگ گئی تو تمہاری محنت پر پانی پھر جائے گا۔ راکا کی گرفتاری کے بعد وہ سب بھی جیل کی ہوا کھائیں گے۔ اوکے؟" انسپکٹر کی اس بات پر سب نے خاموش رہنے کا وعدہ کیا۔

ننھے جاسوسوں نے اس بات کے لیے ضد کی کہ چور کی گرفتاری کے وقت وہ لوگ بھی پولیس پارٹی کے ساتھ رہیں گے لیکن انسپکٹر نے ان کو سمجھایا کہ اس وقت ہر ایک کی جان کو خطرہ رہے گا کیونکہ گولی بھی چل سکتی ہے۔

"ویسے میں تم لوگوں کے لیے ایک اور انتظام کر دوں گا تاکہ تم کو ہر ہر منٹ کی خبر ملتی رہے"۔ انسپکٹر نے کہا۔

"وہ کیا؟" حارث نے پوچھا۔

"وہ یہ کہ تم سب کو پولیس کنٹرول روم میں بیٹھنا ہوگا جہاں وائرلیس سے تم کو سب معلوم ہوتا رہے گا۔ جب وہ موقع پر پہنچیں گے تم کو خبر مل جائے گی اور جب گرفتار کیا جائے گا تب بھی۔ منظور؟" انسپکٹر نے پھر کہا۔

"بالکل!" حارث نے کہا۔

انسپکٹر نے ننھے جاسوسوں سے ہاتھ ملایا اور ان کی "مہربانی" کا شکریہ ادا کیا۔ رات میں وہ سب پولیس کنٹرول روم میں پہنچ گئے جہاں شہر کے کونے کونے سے پولیس کی موبائل گاڑیوں کے وائرلیس پیغامات آ رہے تھے کبھی کبھی ایس پی سٹی اور ایس پی اور ایس ایس پی کی آواز آتی۔ وہ جو حکم دیتے اس پر فوراً عمل کیا جاتا۔ کنٹرول روم میں ایک عجیب کیفیت تھی۔ ایک دلچسپ اور بہت ہی اہم "ہنگامہ" سا مچا ہوا تھا۔

پھر ایک آواز آئی۔

"انسپکٹر شرما کالنگ پولیس کنٹرول روم۔ اوور"

"یس سر۔ پولیس کنٹرول روم، انسپکٹر شرما گیٹنگ آن۔ اوور" کنٹرول روم سے جواب دیا گیا۔

"راکا کو گرفتار کر لیا گیا ہے۔ جاسوس بچوں کو ہماری طرف سے مبارکباد۔ اوور!"

ختم شد